KB168689

펜 끝에 솜사탕이 열렸다

맥놀이 6

펜 끝에 솜사탕이 열렸다

2019년
맥놀이
제6집

맥놀이창작동인회

■여는글■

별들이 길을 비켜 주다

어김없이 봄 찾아오고 꽃망울은 축포처럼 터질 준비가 한창입니다. 이보다 놀라운 건 겨울 내내 푸른빛을 잃지 않은 들풀입니다. 개나리, 목련, 벚꽃이 필 때 그 화려함을 올려다볼 때 땅의 바닥에서는 겨울을 오롯이 이겨낸 푸른 들풀이 있습니다. 자세히 들여다보지 않으면 그냥 지나칠 그런 일들이지요.

눈이 조금 내린 날 잎은 더 푸르게 보였습니다. 함박눈이 덮고 세찬 칼바람 속에서도 살아남은 힘은 어디서 왔을까요. 양지바른 가장 낮은 곳에 뿌리내리고 잎들이 꽃잎처럼 봄동처럼 그렇게 서로를 의지하고 혹한을 지냈습니다.

맥놀이는 그렇게 한 해를 12달을 살아냈습니다. 하늘을 올려다보니 맥놀이가 갈 길이 보입니다.

오늘 하루의 시, 오늘 하루의 삶이 들어설 수 있도록 별들이 조금씩 길을 비켜 주었습니다. 함께 해주신 맥놀이 가족 모두 고맙습니다. 그리고 지켜봐 주신 모든 분에게 감사의 인사를 올립니다.

이제 맥놀이 가는 길에 많은 별이 함께하여 빛나고 아름다운 은하수를 이뤘으면 좋겠습니다.

시詩 인人 사랑합니다.

2019. 6. 22.

맥놀이창작동인회 회장 김 재 현

차례

◆ 김재현

◆ 최민수

◆ 이 숙

◆ 진 용 숙

◆ 송 동 현

맥놀이

김재현

월간 《스토리문학》 동화 부문 등단

월간 《문학세계》 시 부문 등단

맥놀이창작동인 회장

사랑방시낭송회 회원

지하철 플랫폼 강화유리

아이들은 커서 고아가 된다

농부

펜 끝에 솜사탕이 열렸다

詩in中毒(시인중독)

머리 위의 플라스틱 섬

갑자기 떠오른 감사

구름의 뿌리

달빛 말리는 시간

아지랑이歌 보인다

졸린 눈 비비며

산에 오르다

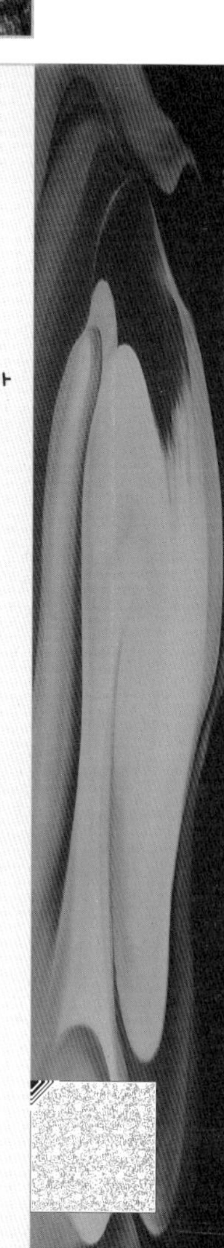

지하철 플랫폼 강화유리 외 9편

김 재 현

나는 앉아있고 마주 보는 내가 평면의 거울 속에서 나를 바라본다 입체가 들어앉은 호기심 많은 지하철 유리 속에 내가 있다 먼지처럼 가벼워진 생각으로

아이들은 커서 고아가 된다

빈자리 많은 한낮의 지하철
가슴에 커다란 명찰 달고 뛰노는 아이들
앉아있는 여자 인솔자 품으로 남자아이 달려든다

노우,

아이의 가슴 앞으로 올린 인솔교사의 오른발
어쩔 줄 몰라 하던 아이가 조용히 돌아섰다
아이의 눈 더러운 신발 바닥이 마음에 박혔다

우리도 고아다

농부

농부(農父)를 파자하면
별(辰)을 노래하고(曲) 만물을 기르는 아버지
“나는 참 포도나무요 내 아버지는 농부”라 하신 예수
아브람에게 하늘의 별같이 자손을 주겠다는 하나님은 큰 농부
하늘 밭 씨 뿌린 별들이 별똥별 되지 않기를
하늘에서 천천만만의 천사와 같이 세세토록 빛나기를
농부의 마음을 아들들이 알아주길

요한복음 15:1

펜 끝에 솜사탕이 열렸다

벼르고 벼른 새벽 동네 주민만 다니는 길로 산을 오른다 짙은 풀냄새 축축한 흙냄새가 좋다 한 번씩 볼을 툭 치고 지나는 잎과 거미줄이 얼굴을 덮는다 밤새 나뭇가지 사이를 오가며 거미들이 촘촘한 그물 만들었다 어부가 그물 치듯 밤새 친 거미줄을 하나씩 끊는다 미안한 마음과 만나지 못한 곤충들을 살렸다는 생각이 교차한다 새벽 첫 숲에 발 들인 자만이 알 수 있는 경험이다 생가지 꺾을 수 없어 마른 가지 주워든다 어슴푸레 밝아오는 숲 촘촘한 거미줄로 만든 커튼을 뜯어내듯 헤치며 길을 만든다 양쪽에서 팔을 뻗은 가지와 잎을 헤치고 이름 모를 야생화와 강아지풀 밟아 생긴 오솔길을 오른다 정상을 향하는 내게 터줏대감으로 자리 잡은 그들 이른 새벽부터 단잠 깨운다고 잎 하나하나가 손바닥 되어 뺨 때린다 졸린 눈 비비며 산에 오르다 정신이 번쩍 오르는 길 남산 이제 북한산도 올라볼까 팔 아프게 휘두르던 새 마른 가지 펜 끝에 희고 작은 솜사탕이 열렸다

詩in中毒(시인중독)

높은 가을 하늘이 시다 시는 마음을 안다 소리 없는 외침이 네모난 지면을 한 편 한 편 써 내린다 모든 것 걸고 발효한 시 만든다 마치 코르크 병마개 따서 오래 숙성한 맛을 조심스레 들이키듯 이 순간을 사랑한다 와인 통에서 터져 나오는 붉은 포도주 심장보다 먼저 반응하는 콧속에 습하고 축축한 포도 향을 내리 다듬이 친다 이 느낌을 사랑했다 머릿속에서 작은 불꽃이 터지고 두 눈이 사랑에 빠진다 진실을 원한다 잔을 꺼내 들고 목적한 분량까지 차갑고 붉은 포도주 채운다 이 낮은 온도의 알코올 나는 뜨겁다

시인 중독 나는 중독됐다 나를 달라 술 높은 가을 하늘이 술이다

머리 위의 플라스틱 섬

일회용 제품 편리하게 버릴 때
나의 걱정은 바다와 닮았어요
바다에 플라스틱 섬이 더욱 커져요
버린 일회용 비닐이 머리 위에서
섬 되어 따라다니는 것 같아요

갑자기 떠오른 감사

땅이라는 건 꼬랑내 가득한 두 발 무좀 걸린 바닥을 벅벅 긁을 때까지도 가만히 견디어주는 어머니

구름의 뿌리

구름은 뿌리가 없어
바람에 이리저리 흔들려
자꾸 뿌리는 허공 속
자꾸 자꾸만 허공 속으로
모든 허공은 뿌리가 되고
모든 뿌리는 구름이 된다

달빛 말리는 시간

노란 달빛 하얀 입김 사이로

마당 한 쪽 얼어있는 빨랫줄 보오

빨래 모두 거둬들인 자리

선명한 빛 회백 담벼락에 남긴

저 언 달빛 언 빨랫줄 언 집게 그림자

새벽 달빛 널어 말리는 시간

바람마저 얼린 저 흑백 사진 한 장

이 작품 누구에게나 보여주고 싶어요

몇 시간만 지나도 사라질

춥고 어두운 새벽 우연히 본 작품

가끔 그리움이 곁을 스치는 밤

문득 보고픈 얼굴

아지랑이歌 보인다

콩나물시루 반도에서
앞서간 마음을 따라잡으려
발꿈치를 높이 들어 올린다
아지랑이로 들려진
따듯한 평화 봄바람
자유롭게 남북 넘나든다
두근 조물 아리 아리랑
얼었던 통일의 땅 흔든다

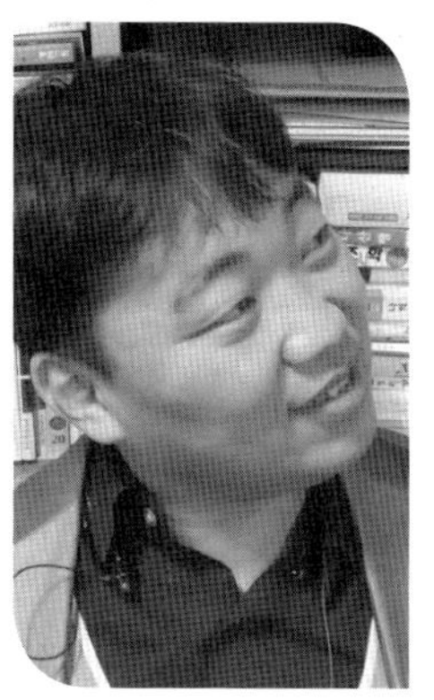

맥놀이

최민수

1995년 《르네상스》지로 작품활동 시작
맥놀이창작동인회 회원
방송통신대학교 국어국문학과 재학 중

내일이 몇 번남지 않은 날
내가 사랑하는 세상은

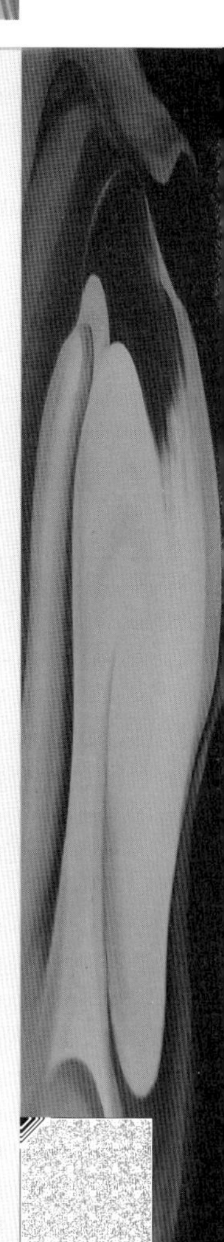

폐점 그리고 정리 중 외 9편

최 민 수

옷거리 걸린 연분홍 겨울
싸늘한 거리만큼
영혼 없는 옷소매
훌쩍거리는 콧등을
억누르는 날
형광등 불빛 아래
가장 아름답던 내 모습
내 배 위에 표찰 균일가 만원
기약 없는 그 모습을 용서하는
내일이 몇 번 남지 않은 날
내가 사랑하는 세상은
폐점 그 두 글자 위로 사라진다
팔리지 않은 영혼은 그저 정리 중

엄마의 창

조그만 창문 너머
들려오는 주문
상반신만 보이는
증명사진 한 장이
손을 흔든다
잘 다녀와
잘 다녀왔어
하루의 시작과
하루의 끝이
공존하는 그곳
물음표와 느낌표가
함께 하는 그곳

꽃이 되고 싶다

꽃이 되고 싶다
당신의 마음속에서
잡초처럼 뽑혀 버려지지도
잔디처럼 밟혀 아파하지도 않는
그런 꽃이 되고 싶다

당신의 마음속에서 꽃이 되고 싶다
서서히 메말라
그 자리 그 곁을 지키며
향기만이라도 남길 수 있는
그런 꽃이 되고 싶다

봄밤 스크레치

하늘 그 하늘에
검은색 먹지를 대고 그린 어둠
그 어둠 위에 형형 색깔
도시를 그리고
흐르는 한강의 소리를 넣은 밤

벚꽃 램프를 나무에
한가득 그려 넣고
달빛의 정원을 걷는
연인을 그려 넣고
철 지난 겨울
무거운 옷차림을 긁어
그려 넣은 봄밤

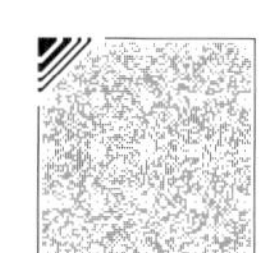

카레이스키 150

한겨울 끌려가는 짚신 한 짝
그대는 그 눈물을 기억하는가
척박한 땅
얼어버린 별빛
그대 고향 만 리 품속에서 우는
내 아이의 소리가 들리는가
동상 걸린 내 삶은
따듯한 조국을 찾을 길 없다

Gwang-ju Nocturne

나의 피가 그날 그 봄을 깨웠던가
푸른 하늘 쳐다보며 살자던 그날의 약속
총탄에 죽어간 시간은 오간 데 없고
침묵의 기도를 올리는 시계만 남았네
투명 눈물 삼켜보자
푸르른 날 올 때까지
눈물 두 글자 잊혀져도
세월 그 흔적은 남는다
흘린 다음 더 뜨거워지는 그 날의 핏값
먼저 가신 망자여 그대들도 따르라
지워지지 않는 핏자국 그 길 위로
화약 냄새 가시지 않은 그곳으로

도보다리 위에서

도보다리 위 국화차 한 잔
다기 속 국화꽃 잎 그 기다림은
지치고 지쳐 노랗게 물들었네

주기 속 소나기가 내린다
그 소나기 가시기까지 얼마나
오랜 시간이 걸렸던가
예열의 진혼곡이 멈춘 그때
맞잡은 손 사이로 저물어 가는
태양이 비추기를 얼마나 기다렸던가
선 하나로 갈라졌던 이 땅 위에
너와 내가 만난 그곳
도보다리

가을 익어가는 소리

가을 익어가는 소리가 맛있다
푸르름이 붉음으로 익어가고
하얀 소리만 남기는 이 가을
이 가을
이 소리가 맛있다

우리 집에 맹수가 산다

새벽 내내 굶주린 잠
포효하지 못하는 꿈길 속을 뛰는 맹수
이렇게 새벽이 몇 번이 지났던가
덜 떠진 눈빛이
오간 것이 몇 번이나 되는지
기억은 기억하지 못했다

오늘은 춥다
내일도 춥다
교복 치마 끝자락이 조금 더 길어서
덜 추웠으면 하는 마음 하나
학교를 바래다준 길
백미러 속 맹수는 눈빛 하나 주지 않는다
너 따로 나 따로
각자의 삶이 가진 무게는 침묵이다

미적분과 수치대입법
쳐다만 봐도 부러질 것 같은
맹수의 종아리가 간다 그리고 걷는다
어제와 다름없는 오후 4시
많은 맹수 사이로
낯익은 맹수가 다가온다
벽돌 밀림 속 저들은 오늘도
서로를 물고 뜯고 싸우다가
지친 얼굴로 다시 세상으로 나온다

내 기억 속 나도 맹수였다

꽃접시

꽃이 접시에 새겨져

나를 본다
때로는 짠맛
때로는 단맛
향기 없는 꽃접시에 풍기는
이름 모를 향은
내 어머니의 맛

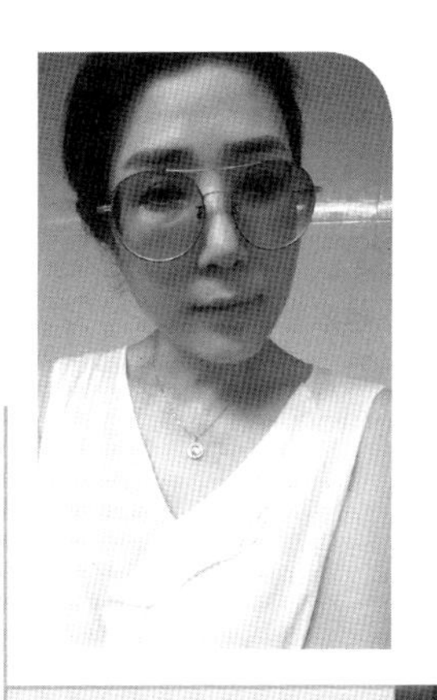

맥놀이

이 숙

덕성여자대학교 및 동대학원 동양화과 졸업
개인전 11회, 부스전 13회 단체전 100여 회
해외전 뉴욕 스위스 파리 일본 중국 싱가폴
신흥대학강사 역임
한국미협, 세계미술교류협회 회원
맥놀이창작동인회 회원

진실의 꽃
낙엽에게
가슴에 움트는 보름달
봄꽃
사랑이란 이름으로
오해
유치원 다니는 아들
하늘 그대
화가의 영혼
이인시각

시는 영혼의 오아시스
갈증이 나면 물을 마시고
가슴이 답답할때 펜을 든다

진실의 꽃 외 9편

이 숙

인생은 허공 같아
가슴이 시키는 대로 살아야 해
노을이 그리우면 바다에 가고
꽃향기가 그리우면 꽃을 사고
마음은 인생의 나침판
기다리지 않아도 밤은 오듯
놓인 시간 앞에 소망을 기도하자

사막이 아름다운 것은
나무 심을 공간이 많기 때문이다

넉넉한 바다는 언제나
어머니 같은 따스한 사랑으로
어깨를 툭툭

낙엽에게

비 오는 날
빗물에 젖은 낙엽
헛손질로 가득한 바람 소리는
가을에 찾아온 우연한 일
쏟아진 빗물에 얼룩진 얼굴
그리고 흐르는 눈물
늦가을 빗소리는 우연한 손님처럼
가슴을 철썩

가슴에 움트는 보름달

따스한 봄바람으로 다가와
얼굴에 살포시 스며든 추억

수줍은 얼굴 마주하며
가슴에 새긴 한 잎 사랑

늘 푸른 소나무 환한 달빛
푸르게 물들고

가슴에 움트는 그림자
그리움 따라옵니다

봄꽃

미처 내가 안부를
물어 주지 않아도

봄은 향기를 끌고 대문 앞
우체통에 편지를 넣어 주었다

보고 싶다 말하지 않아도
외롭다 말하지 않아도

개나리는 여전히 그 자리에 피었다

사랑이란 이름으로

슬픔에서 일어나 눈 뜨고 보니
즐거운 날보다 미움이 많았던 날
별빛으로 그대를 용서하고
어두운 하늘에 이름을 불러본다

원망도 미움도 떠다니는 이슬
아픔은 돌돌 말아 바람에 던지고
새롭게 찾아온 손님
침묵에 녹아버린 사랑이었네

나를 아프게 하는 날

오해

유리 천장 유리 바닥에 놓인
가슴 저린 조각들
내 안을 울린 심장 소리

따스한 악수를 건네 보지만
거미줄에 걸린 상처와 오만

속닥거리는 마음
구름 걷어내고 태양 같은 미소 바라본다

유치원 다니는 아들

"소풍 가서 먹으니 김밥 맛있어"

"엄마가 싸준 김밥이 이 세상에서
제일 맛있어"

제일 맛있다는 말이
잊을 수 없는 그리움으로
심쿵한 사랑으로 다가온다
김밥보다 맛있는 엄마의 사랑

한가한 날엔
추억의 그림자가 그립다
앨범 속 사랑이 녹아내린
낡은 사진 한 장

하늘 그대

하늘에 하얀 구름 그리운 얼굴 떠다니는

그대는 아침 이슬에 피어난 붉은 나팔꽃

하루를 살아내느라 주고받는 소식 없이

그리움 쌓여 촉촉한 마음에 햇살로 다가와

찰랑거리는 눈빛 하늘에 수놓은 얼굴

보고 싶다

화가의 영혼

밤하늘에 별이 없다면
어두운 밤이 아니겠지
좋아하는 것 하나 없다면
꿈 하나 없겠지

수선화를 좋아하고
추억을 더듬어 별을 세고
마음을 붓끝으로 덜어내는
화가의 시선은 늘 유리그릇

유난히 흔들리는 창문
소리는 커져만 가고
시선 가는 그림 한 점 없으니
어찌 얼굴에 화장하리

이인시각

찢기고 부러져
다가서면 다른 길
생각이 다르지만
마음 닻 올리고
햇살 빛나던
고요한 파도가
그립다

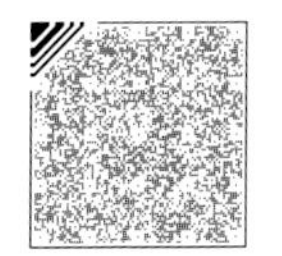

맥놀이

전용숙

《창조문학》 신인상 등단

맥놀이창작동인회 회원

예촌문학 동인회 회장

사랑방시낭송회 회원

시마을 회원, 한국문인협회 회원

시집『날』

행복은 주어다

을 채우는 첫줄에 주어를 놓는다

매일 열심히 주어를 쓴다

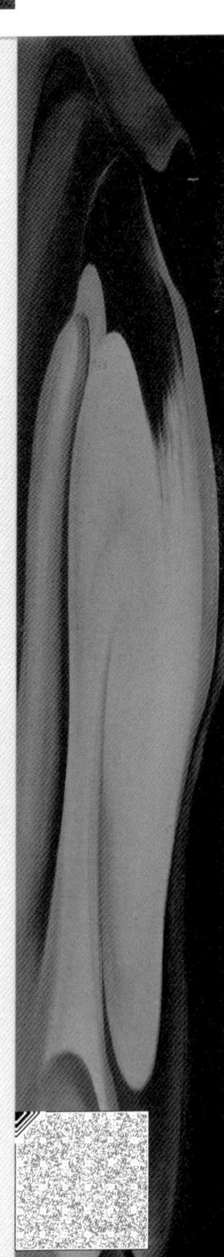

별별 외 9편

전 용 숙

별꼴은 같은 줄 알았지
1학년 도화지에 그리던
그 모양 그 별이 다인 줄

선 이으면 한 번에 완성되는
그게 별인 줄 알았지
과학이 안겨준 별 모양
그래도 내가 알던 대로
믿던 대로 별이 살아 있기를

별의 별
그 자리에 그대로 있어 줘
솔직함이 힘겨운 건
자꾸 작아지는 희망 때문

하늘에 보이는 별별
그렇게 별의 별로 있어 줘

나팔 수선화

꽃이 흔들리면 생각나
밤마다 거울 보고
참회록을 써도
반성은 완성된 적 없이
새벽길 헤매는 잎새

내년에 피는 그 꽃은
내 반성을 용납할까
노오란 잎 그리운 날
봄처럼 불현듯 다가올까
나팔 수선화

그가 간 자리에 살짝
노란 잎 흔들림으로 피었다간
마음에 단 한 송이로만 남는
너를 위하여
2월이 짧다

상처

눈 내리는 날에는
부끄러웠다

내 발자욱에
흠이 생겨 흉해지는 눈
어깨 위에서 속절없이
녹아내려
뜨거운 심장을
부끄럽게 만드는

난 눈에게 상처를 주었다

정작 눈의
아름다움에 치어
상처받는 건 내
가슴인 줄 모르고

개 짖는 소리

개도 말을 한다
자기 말로
알아듣지 못하는
사람에게
온 힘을 다해
몸 날려 격렬하게

사람은 말을 막는다
제 할 말만 하고
사람의 눈 보지 않는다
그저 제 말만

몰랐다고 한다
못 들었다고
보지 못했다고
개보다 솔직하지 않은
사람은 말을 막아라

개 짖는 소리
더 아름다우니

그때 백마에 가고 싶다

그때 백마엔 부르지 못할
노래가 흐르고
쉬지 못한 날숨에 억새 빛
누우런 썩은 사과 촛불
내 용기처럼 흔들리던
그때 백마에 가던 날

길 잃은 아이가 되어
철길에 머물던 젊은 얼굴엔
다물어버린 진실이 안타까이
숨어 곁눈질로 기우는 석양을
보는 그때 백마엔
서울의 금지어가 술렁거렸던

잊고 싶어서일까
늘어가던 주전자 빛도 검어지던
그래도 백마를 뜨지 않던 사람들
막차의 알림을 듣고서야
일으키던 엉덩이는 모두 묵직한
미안함 한 줌씩 매달고 가는
그때 백마에 가고 싶다

내 갚지 못한 역사의 부채가
생각날 때 그때
백마에 가고 싶다

물울음

아마 그 밤이었을 거야
넓었던 마당 장지문 좁은 창안에
가뒀던 밤
하얀 달빛 내린 마을 점점이 박힌 흰 눈
마실 간 할머니 발자욱도 지웠던 밤
잠들지 않은 이들에게만 들리던 울음
겨울밤은 길기만 했다

그쯤이었을 거야
마을에 흉흉한 이야기
밤마다 사람을 불러 내 물가로 부른다던
잠들지 못하던 내 귀에도 들리던
울음은 밤을 가르며 계속되고
소방울도 무서운지 따라 울던 밤
겨울밤은 길기만 했다

그날이었을 거야
진혼굿이 한창이던 낮
밤에만 들리는 줄 알았던 울음
그 물울음이 들리는 것을
세월을 키워 봄 만드는 줄 모르고
두려움 키우던 그 소리는
얼음 밑 물 흐르는 소리라는 걸
겨울밤은 길기만 했다

이젠 두렵지 않은 한밤의 물울음
그 밤 그 자리가 지쳐서였을 거야
아이 기다림에 기인 고드름 열리던

비를 맞다

비가 때린다
맞아야 할 건 나
그런데 우산이 대신
맞고 맞는다
두둑 두두둑

어쩌면
그동안 나 대신 맞은 것
책임진 것이
우산뿐이랴

오늘은
우산을 걷고 비를 맞는다
온전히 나를 때린다
두둑 두두둑

빈손

손이 비어 있어야
남의 손을 잡아 줄 수 있다
늘 손에 뭘 쥐고
놓지 않으려 애쓰는
손이 앞뒤로 분주하다
빈손이 되어라

손이 비어야
남의 손을 잡고 일어설 수 있다
엎드린 체 두 손은 땅만 짚고
얼굴도 들지 않으니
곁에 내미는 손 볼 수 없어
빈손이 되어라

빈손으로 남의 짐도 들어주고
손 내밀어 먼저 인사할 수도 있는
비어있어 정말 좋은
빈손이 되어라
손뼉 치며 웃을 수 있게

별의 몰락

별을 따려 하지 마라
여기저기 사다리 옮겨 다니며
별자리 재는 이들이여

짧은 손 높이 들어
별 근처 뒤지는 이여
사다리 끝에 매달린 안쓰런 발버둥

별 따려 하지 마라
이미 떨어진 별만으로
환해진 땅 위를 봐
점점 어두워진 하늘을 봐

별을 따려 하지 마
찾지 못하게 될 꿈들이
땅 위를 뒹구는 걸 봐

이제 별을 따려 하지 말고
바라보며 발돋움할 시간
꿈은 환한 땅이 아니라
어두운 하늘에서 빛나니

우리 별을 따려 하지 말자

좋음

걍 좋은 거지
이유가 있나
걍 좋은 거지
뭘 물어
걍 좋은 거지
말해 뭐 해
걍 좋은 거지
내 얼굴을 봐
걍 좋은 거지
하 할 ㅎ ㅎ
걍 좋은 거지
어쩌라고
걍 좋은 거지
뭐 표정 관리?
걍 놔둬
좋으면 자정 능력도 생겨

맥놀이

송동현

2001년 시집 『꿈을 펼쳐!』로 작품활동 시작
맥놀이창작동인회, 사랑방시낭송회 회원
도담도담한옥도서관 시창작교실 강사
북디자이너, 도서출판 담장너머 대표
시집 『꿈을 펼쳐!』, 『사랑水』

복숭아나무 그늘이 짙어지면
작은 손바닥을 겹쳐겹쳐
초록 기지개를 편다

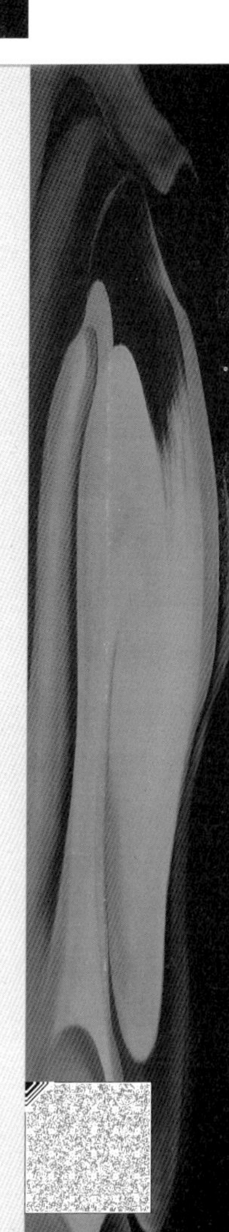

결단 외 9편

송 동 현

잎을 모두 떨구고 물기를 모두 버리고
나를 더욱 단단하게 굳혀야 겨울
추위를 견딜 수 있어 미련 없이 떨구어야
버티고 서있기 위한 결단

봄이 내린다

무엇을 위해

빨간 떡볶이는 익기도 전에 입에 넣으려 보채고 앉았다 더욱 맵게 입을 달궈 땀을 흘리고 일어나면 저만치 연탄불에 가래떡 뒤집는 할머니 손만 바지런하다 한여름 대학로 더워도 더 뜨거운 불을 피우며

받아들 수 없는 잔소리

분명 신록의 시간은 충분히 있었을 것이다
저들도 비바람에 싸우고 천둥번개에 얼싸안고
뜨거운 햇볕에 그을리며 땀을 닦아 주던
그런 신록 분명 있었을 텐데

–후~ 한 모금 피고 갈래?
–아니 됐어
–그래 많이 피더니 후~

대학병원 흡연 구역 벤치에 앉은 할머니
휠체어에 앉아 주름진 눈빛 바라보는 남편
담배꽁초를 건네도 더는 받아들 수 없는 잔소리
그토록 말리던 담배 한 모금 권하는 할머니

참

꽃들도 눈을 찡그리는 아침 해에 아기 새 한 마리 비닐하우스에서 문이 어디인지 하늘은 보이는데 나갈 수 없어 날다 날다 숨을 고르며 바닥에 앉았다 손바닥 위에서도 도망치지 않고 엄마를 부르기도 겁이 나는지 따듯한 체온만 손에 있다 사과나무 위에 놓아 주지만 너무 높아 푸드덕 내려앉아 구석을 찾는다 돌 틈에라도 숨으려 들어가 흙먼지 피우며 꺼내준다 먼지 묻은 아기 새 사과나무 아래 내려놓고 다른 일을 하다가 한참이 지나 춘자 씨와 다시 보니 엄마 새 아빠 새 파다닥 째재잭 아기를 찾아왔다

춘자 · 33

트렉터 지난 흙색 너른 자리

고랑 파고 두둑 만들어 이랑 길어진다 노랑 연두 초록 싱그런 배추 모종으로 수를 놓는다 옆 이랑에 동그랗게 자리 만들어 무씨를 심고 노란 왕겨를 덮어준다 가뭄이 유난히 긴 여름 비를 기다렸는데 태풍이 올라온단다 가지 늘어지게 주렁주렁 달린 대추나무 바람을 이겨내라 기둥을 받치고 또 받쳐준다 온다 비가 온다 빗줄기 굵어질까 어린 모종 다칠까 왕겨는 무씨 잘 덮고 있을까 종일 내리는 비 종일 가시지 않는 걱정 얌전한 빗방울 반가움과 고마움 바람만 잠자기를 바란다

춘자 씨는 창밖 바람만 바라본다

춘자 · 44

봄에 이리저리 옮겨도
하얀 꽃 피워 초록 잎으로 가위바위보
다 자란 거야? 조그맣다 뭐라 해도
세찬 바람 꿋꿋하게 폭우도 견디고
새콤하게 빨갛고 달콤하게 아삭아삭

–운악산 단풍 좀 봐라
–그래? 난 안 보여 온통 빨갛기 전에
–무슨 눈이 그래
–그러게 고추도 가까이서 봐야 빨갛게 보여

춘자 씨의 숨소리 더 길어진다
동현이는 파란 하늘 구름만 흘깃 보고
고단한 여름 보낸 사과나무에게 줄 가을비료
혼자 사는 아들 김장 항아리 고르러
하얀 차는 좁은 길을 굽이굽어 달린다

춘자 · 53

집 비우고 나가면
의자에 아무렇게나 걸쳐놓은
빨래들을 세탁기에 돌리고
슬슬 비질을 시작한다

어렵지도 않은 그 이름
단 한 번도 부르지 않았다

잠잘 때 살짝 들어와
콩을 씻어 맛있는 밥을 짓고
호박은 된장찌개를 끓이고
발소리도 숨기고 밭으로

오늘도 그냥 부른다
춘자 씨를 향해, 엄마!

아침 그리고 햇살

그림이 그려진다
햇살 반짝이는 모래에
복숭아나무 그늘이 짙어지면
작은 손바닥을 겹쳐 겹쳐 초록 기지개를 켠다
복숭아나무 거름 되라 버려진 껍데기
씨앗 하나 생의 의지를 싹틔워
아기 주먹만 한 수박
키워간다

하얗게 쌓이던 날

세상 모든 시계가 빨라지는 것은 아닌데 가을의 끝을 잡은 더 빨간 단풍잎 흔들리는 생을 바람에 주려 마른 눈물 참는다

초읽기가 시작되면

마지막 남은 담배 한 개비에 불붙이고 시리도록 파랗게 등 돌린 가을 타들어 가는 큰 숨 지켜보면 시간 발 앞에 흩어진다

쪽잠

모니터 불빛에 앉아 자모를 모아 텍스트를 만들고 줄을 당겨 페이지를 채운다 뻐근한 허리 눈꺼풀 내려앉을 때 한숨도 못 돌리고 출발 십 분 전 무중력의자에 몸을 맡긴다

큰 창가 아침 햇볕
세상을 덮는다

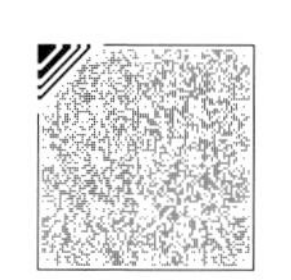

<맥놀이창작동인회>

다음카페
http://cafe.daum.net/Maengnori

'맥놀이(beating)는 진동수가 다른 소리가 간섭을 일으켜 세졌다 약해졌다 하는 현상' 을 말합니다. 맥놀이의 울림은 시작과 동시에 어울림이 되어 여러 모양으로 커졌다 작아지기를 반복하며 성장하였습니다. 돌아보면 사라진 소리, 전보다 분명하게 커진 소리, 거친 파장들이 아름다운 울림으로 변화되었습니다.

펜 끝에 솜사탕이 열렸다

2019년
맥놀이창작동인회
제6집

'맥놀이' 는 회원 상호 간의 예술적 교류를 통해 소양과 자질을 키우고 회원 서로의 친목을 도모하는 데 그 목적이 있습니다. 프로 예술가나 창작에 취미와 관심을 가진 사람, 즉 시인, 소설가, 화가, 사진작가 등의 예술을 사랑하고 꿈이 있는 사람들입니다. 누구나 〈맥놀이〉 다음카페 http://cafe.daum.net/Maengnori로 가입하시고 서로 배우며 지낼 수 있습니다.

이 도서의 국립중앙도서관 출판예정도서목록(CIP)은 서지정보유통지원시스템 홈페이지(http://seoji.nl.go.kr)와 국가자료종합목록 구축시스템(http://kolis-net.nl.go.kr)에서 이용하실 수 있습니다.
(CIP제어번호 : CIP2019023328)

인지생략

Over a Wall
Poetry for literary coterie
17

2019년 맥놀이창작동인회 제6집

펜 끝에 솜사탕이 열렸다

2019년 06월 15일 초판 1쇄 인쇄
2019년 06월 22일 초판 1쇄 펴냄

발행인 | 김재현
발행처 | 맥놀이창작동인회
카 페 | cafe.daum.net/Maengnori

펴낸이 | 송계원
디자인 | 송동현 정선
제 작 | 민관홍 박동민 민수환
펴낸곳 | 도서출판 담장너머
등 록 | 2005년 1월 27일 제2-4102
주 소 | 11123 경기도 포천시 화현면 달인동로 89-1
전 화 | 031-533-7680, 010-8776-7660
팩 스 | 031-534-7681
이메일 | overawall@hanmail.net
카 페 | http://cafe.daum.net/overawal

ISBN 89-92392-57-0 03810
값 10,000원

소리로 읽는 책
이 책에는 글을 읽을 수 없는 분들을 위한
점자 · 음성변환용코드가 양면페이지 우측 하단에 있습니다
별도의 시각장애인용 리더기 혹은 스마트폰 보이스아이 어플을 사용하여
즐거운 시 감상이 되기를 바랍니다
voiceye.com

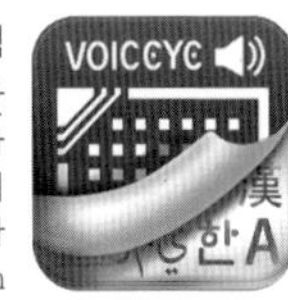